AF336853

LA FRANCE

CHANSONNIÈRE.

Livraison.

PARIS,

CHEZ FRÉDÉRIC DE DINEUR,

Rue et Impasse St.-Claude, 2;

ET CHEZ MADAME VEUVE DELAVIGNE, LIBRAIRE,

Passage de l'Ancre.

1840.

LA FRANCE CHANSONNIÈRE.

Préface.

Air : *Moi je flâne.*

Moi je chante   (*bis.*)
Tout ce que ma tête enfante ;
Moi je chante,   (*bis.*)
Je chante tout
Et partout.

Je veux chanter potentats,
Petits commis et grisettes ;
Je veux chanter nos coquettes ;
Je veux chanter tous nos fats ;
Je veux chanter nos actrices ;
Je veux chanter nos pédants ;
Je veux chanter les Jocrisses ;
Et jusques aux chiens savants.
Moi je chante, etc.

1

Je veux à nos gouvernants
Chanter la foi, l'espérance,
Je veux chanter la vaillance
De nos soldats triomphants ;
Je veux chanter la jeunesse,
Qui passe trop vivement ;
Je veux chanter la vieillesse,
Qu'on repousse trop souvent.
    Moi je chante, etc.

Je veux chanter les buveurs ;
Je veux chanter la bouteille,
Et le doux jus de la treille ;
Ainsi que tous nos plaideurs ;
Je veux chanter l'innocence ;
Je veux chanter les gourmands
Je veux chanter l'insolence
Des valets devenus grands.
    Moi je chante, etc.

Je veux chanter les dévots ;
Je veux chanter la nature ;
Je veux chanter l'imposture ;
Je veux chanter les badauds ;
Je veux chanter la critique
Qui se fait si justement,

Et le drame romantique
Qui vous fait rire en pleurant.
   Moi je chante, etc.

  Je veux chanter les docteurs,
Et les homéopathiques ;
Je veux chanter les sceptiques,
Et banquistes et sauteurs ;
Je veux chanter le génie
Du maître des chansonniers ;
Je veux chanter la manie
De tous nos écrivassiers.
   Moi je chante, etc.

  Je veux chanter la beauté
Et tous ces actionnaires,
Prenant, en gens débonnaires,
Tout pour de l'argent compté ;
Je veux chanter, sans médire,
Tous ceux qu'ici bas je voi ;
Quand j'aurai fini d'en rire,
Hé ! je me chanterai moi.
   Moi je chante   *(bis.)*
Tout ce que ma tête enfante ;
   Moi je chante,   *(bis.)*
   Je chante tout
    Et partout.   FRÉD. DE DINEUR.

LE MONDE INCONNU.

Air : *Muse des bois et des accords champêtres.*

O songe heureux ! viens encore me sourire,
Reviens, reviens bercer d'un fol espoir
Mon pauvre cœur (hélas ! je puis le dire)
Qui craint toujours de ne plus te revoir.
O créateur, dont l'immense sagesse
Pour nous, humains, en bas a tout prévu,
A l'avenir, était-ce une promesse,
Ou bien étais-je en un monde inconnu ?

Or, je rêvais que, sur l'onde tranquille,
Mon frêle esquif cheminait lentement ;
Quand tout-à-coup dans le ciel l'éclair brille,
Et puis succède un long mugissement.
L'onde en furie écumait avec rage,
C'en était fait. Hélas ! j'étais perdu !
Mais à mes yeux s'offre une douce plage
Et j'abordai dans un monde inconnu.

Là, je ne vis ni canon, ni tourelle ;
Des accacias formaient un vert rempart ;
L'Amour lui seul y faisait sentinelle,
Et m'accueillit avec un doux regard.
Puis l'Amitié, cette si douce fille,
Aux habitants montre un nouveau venu ;
L'aï bientôt dans mon verre pétille ;
Hélas! j'etais dans un monde inconnu.

Bons habitants, dis-je, l'affreuse guerre
N'a donc jamais fait couler votre sang?
— Ce mot encor pour nous est un mystère :
L'Amour chez nous est le seul conquérant.
De deux amants, que ce fripon désole,
Quand l'un sait vaincre et que l'autre est vaincu:
L'Amitié vient ; près d'elle il se console.
Hélas! j'étais dans un monde inconnu.

Chez vous l'argent n'est donc pas nécessaire
Pour espérer un accueil tout humain ?
— Ah! quel qu'il soit nous regardons en frère
Celui qui vient, en nous tendant la main.
Les jours de fête, à l'ombre du feuillage,
Nous dansons tous ; et puis, le soir venu,
Nous regagnons gaîment notre ermitage.
Hélas! j'étais dans un monde inconnu.

Fréd. de Dineur.

LE CHEMIN DU BONHEUR.

Air : *Je loge au quatrième Étage.*

Pour être heureux dans cette vie,
Mes chers amis, écoutez-moi :
Du vrai bon sens, je vous en prie,
Suivons en tout point cette loi :   (*bis.*)
Il faut s'amuser sur la terre,
En dépit d'un cruel censeur ;
Chasser de l'ennui la chimère,
C'est là le chemin du bonheur.   } *bis,*

J'écarte loin la politique,
Quoique je sois bon citoyen ;
Je déteste la polémique,
Se disputer me semble vain ;
Aux dignités, moi, je préfère
Le plaisir, et de la grandeur
Je ne poursuis pas la chimère ;
C'est là le chemin du bonheur.

De Momus j'aime les préceptes :
Ils guérissent de bien des maux :
Amis, soyez de ses adeptes,
Et vous bénirez ses grelots.
Que leur bruit ne fasse pas taire
Les cris qu'arrache le malheur ;
Regardez l'or comme chimère ;
C'est là le chemin du bonheur.

Croire aux serments de sa maîtresse,
Et chasser un cruel souci ;
Sans défiance, avec ivresse
Serrer la main de son ami ;
Croire à la vertu sur la terre,
En détester tout détracteur ;
Amis, si c'est une chimère,
C'est là le chemin du bonheur.

Oui, portons partout à la ronde
A la santé des vrais amis :
Buvons à la brune, à la blonde,
A tous les plaisirs réunis :
Éloignons ce censeur austère
Qui les bannit tous de son cœur ;
Le plaisir n'est qu'une chimère ;
Mais c'est le chemin du bonheur.

A. JULES AUCHER.

LA MÉNAGERIE PARISIENNE.

Air du Concert monstre (Paul de Kock).

> Accourez, peuples de la terre ,
> Venez dans la grande Cité ;
> Car là vous pourrez satisfaire
> Tout' votre curiosité.
> C'est dans Paris, la grande ville ,
> Que je fais voir mes animaux.
> Les admirer vous est facile ;
> Et vous verrez comme ils sont beaux !

Entrez, messieurs et mesdames, sans excepter les militaires. Je ne prends pas trop cher ; les avares paieront de leur repos ; les femmes coquettes, de leurs minauderies ; les jeunes filles, de leur pudeur ; les riches, de leur orgueil ; les pauvres , de leurs souffrances ; les enfants, de leur innocence : enfin chacun, selon ses petits ou grands moyens. En attendant, madame mon épouse va vous jouer un air de trompette à piston, *sans fausser,* ce qu'on entend rarement, et monsieur mon gendre, à qui j'ai donné ma fille en mariage, va vous faire entendre un solo de grosse caisse de sa composition : Pataboum, pataboum, pataboum, boum ,

boum ; zigne, zigne, boum, boum, pan, pan,
pan, pan.

Tratata, tratata, tratata ; zigne, zigne, boum,
boum, zigne, zigne, pan, pan.

Ce que je veux : c'est que tout le mond' soit
content.

> Du lion voyez la tournure ;
> Admirez donc ses gants beurr' frais.
> Voyez qu'elle aimable figure ;
> L'esprit se peint sur tous ses traits.
> Comme il se dandine avec grâce ;
> Ses yeux vous dis'nt : allons, manant,
> Je me promène et fais moi place
> Ou je t'extermine à l'instant.

Mais n'ayez pas peur, il est plus bête que mé-
chant. Vous le croyez peut-être comme les autres
lions, un animal carnivore, non, non ; il ne dé-
vore que les marchandises de M. Félix... tenez,
tenez, s'en fourre-t-il de ces petits gâteaux...
une seule de ses bouchées coûte autant que le dîner
d'une pauvre famille. Le voilà qui sort. Suivons-
le sur le boulevart des Italiens. Il fume... c'est sa
coutume ; il attend qu'une femme passe pour lui
lancer la fumée au nez ; c'est encore sa coutume...
J'ai un conseil à vous donner : si, par hasard, vous
vous promenez aussi sur ce boulevard, ne rêvez
jamais ; vous pourriez risquer d'être éborgné, —
attendu que son genre est de tenir sa canne dans
la poche de son paletot, ce qui fait un angle par-

fait avec son corps si gracieux. — Allons, madame mon épouse et Monsieur mon gendre, pour
le lion !....

Pataboum, etc.

Ce que je veux : c'est que tout le monde soit
content.

     Voyez les oreill's de cet âne !
   Où les met-il donc, s'il vous plaît ?
   Ah ! le fin matois, Dieu me damne,
   Veut les cacher sous son bonnet.
   Allons, ne fais donc pas la bête ;
   Pourquoi vouloir jouer au fin ;
   Et laisse admirer sur ta tête
   Ce que tu sais porter si bien.

Allons, ôte moi ce bonnet carré... pourquoi
faire tant de difficulté !... quand tu es au barreau
tu te découvres bien... là.., admirez la longueur !
— Quel est cet autre âne qui brait : la clôture,
la clôture ? — C'est un représentant du peuple !
— Comment ! le peuple a des représentants et il
se plaint de n'avoir pas la liberté ? Que voulez-
vous ? on n'est jamais content. — Ah ! ah ! un
instant, vous ne nous échapperez pas, mon bonhomme, malgré votre carrosse hermétiquement
fermé. Messieurs et Mesdames, vous ne le croiriez
pas : eh bien ! cet âne est millionnaire ! Il n'a jamais
lu qu'un passage de Boileau, que je me permettrai

de vous citer : Ce sont les conseils d'un père à son
fils dont le poil va fleurir.

Cent francs au denier cinq ! combien font-ils ? — vingt livres.
C'est bien dit! va, tu sais tout ce qu'il faut savoir :
Que de biens, que d'honneurs sur toi s'en vont pleuvoir.

Madame mon épouse et Monsieur mon gendre
redoublez d'efforts pour tous les ânes de la capitale.
Pataboum, etc.

De ce cerf prisez la parure
Qui se dessine sur son front.
Il paraît fier de sa coiffure :
On le croit, à voir son aplomb.
Mais apprenez en confidence
Que lorsqu'il rit de tout cornu,
C'est qu'il a la ferme croyance
D'être seul qui n'soit pas.... boisé...

Voyez, voyez, comme il éclate à chaque ren-
contre qu'il fait d'un de ses pareils. Si vous vous
promeniez avec lui, il vous raconterait l'histoire de
tous les cerfs qui se trouveraient sur votre passage.
Il n'y a que la sienne qu'il ne pourrait pas vous
conter. Après tout, qui ne sait rien ne dit rien :
la foi et l'amour propre sont de si douces choses.
— Pour tous les cerfs, Madame mon épouse, et
tâchez un peu de ne pas jouer pour moi ;
Pataboum, etc.

Entendez l'aimable langage
Que sait employer ce serpent.
Comme il se gliss' sous le feuillage
Pour séduire un cœur confiant !
Quand on le voit, la chose est sûre,
On serait loin de se douter
Que le venin de sa piqûre
Fait périr qui veut l'écouter.

Aussi, jeunes filles, n'approchez pas de lui ; fermez vos oreilles lorsqu'il vous parlera ; ne vous laissez pas séduire par sa chevelure frisée et l'huile de rose qui l'inonde ; ne croyez rien de tout ce qu'il vous dira, surtout s'il vous en dit beaucoup ; et s'il s'écriait : je t'aime à l'adoration (gosse) ; tu fais mon seul bonheur (blague) ; pour toi je donnerais ma vie (colle des plus effroyables) ; demandez-lui un seul cheveu ! il pirouettera en vous répondant : as-tu fini, ça me défriserait.

Allons, Madame mon épouse, et Monsieur mon gendre, pour démasquer tous les serpents : en avant la musique ;

Pataboum, etc.

Admirez ce loup débonnaire,
Et cet éléphant parvenu,
Cette girafe octogénaire
Qui craint toujours pour sa vertu.

Voyez ce renard si subtile
Dévorant de tendres poulets ;
Ce singe, auteur d'un vaudeville,
Dont il a pillé les couplets.

Admirez, Messieurs et Mesdames, comme ce dernier se redresse en fredonnant les airs de sa pièce, et comme il a soin, quand il va au théâtre, de ne pas oublier sa canne, marque distinctive de l'auteur.

Pour tous ces charmants animaux, en avant la musique ;

Pataboum, etc.

Il est bien d'autres bêt's encore ;
Mais jamais on n'en finirait.
Amis, ma chanson doit se clore
Par moi qui suis un perroquet.
J'ai répété, je le confesse,
Ce qu'a dit plus d'un écrivain ;
Mais je le chanterais sans cesse,
Mes amis, si j'étais certain

De corriger les lions, les ânes, les cerfs, le serpents et *tutti quanti* que vous pouvez voir tous les jours dans la capitale. Maintenant, Messieurs et Mesdames, un dernier mot : je vous demanderais bien des applaudissements, mais je suis un perroquet difficile : Je voudrais qu'ils fussent sincères, et, dans la crainte du contraire, je vous demanderai la permission de me les donner moi-même, comme tant de gens, qui sont, de cette manière, certains de leur sincérité ; ainsi donc, Madame la trompette, et vous Monsieur la grosse caisse, un dernier effort pour un perroquet.

Pataboum, etc.

FRÉD. DE DINEUR.

POURQUOI.

Dites-moi donc, me fit un jour Lysandre,
Pourquoi Marton m'offre à présent son cœur ;
Qüand autrefois mon air soumis et tendre
N'obtint jamais la plus simple faveur.
— C'est qu'autrefois un muguet de la ville
Gagna son cœur, mais manquant à sa foi,
Il l'abandonne, et tu peux être utile
En l'épousant, tu devines pourquoi.

Pourquoi, Monsieur, me dit un gros bonhomme,
Ces députés qui font tout notre espoir ;
Promettent-ils, avant qu'on ne les nomme,
Et puis après trahissent leur devoir ?
— Pourquoi, Monsieur ? parbleu sur cette terre,
C'est qu'avant tout l'on travaille pour soi.
Le bien de tous est une erreur grossière,
Voilà, Monsieur, oui, voilà le pourquoi.

Pourquoi, me dit un jeune homme timide,
Rose à mes feux cède-t-elle à présent,
Quand autrefois cette femme perfide
Riait toujours de mon amour constant ?

— C'est qu'autrefois tu n'avais en partage,
Que tes beaux yeux pour l'attirer à toi ;
Mais à présent tu fais un héritage,
On te chérit, et voilà le pourquoi.

Pourquoi cet homme, à qui le nom d'impie
Si justement fut donné tant de fois,
Montre-t-il, dans une âme convertie,
Et quatre fois se confesse en un mois ?
— C'est que sa tante et fort riche et dévote
Aura bientôt quatre-vingts ans, je croi,
Et qu'il espère, avec l'âme bigote,
Hériter seul, et voilà le pourquoi.

Pourquoi cet homme est-il toujours en place,
De tous les rois obtient-il des honneurs ;
Pourquoi jamais n'encourt-il de disgrâce,
De tous enfin garde-t-il les faveurs ?
— C'est que sans cesse il se tient sur ses gardes
Dans le vainqueur il reconnaît son roi,
Et qu'il a soin d'apprêter ses cocardes
De deux couleurs, et voilà le pourquoi.

Fréd. de Dineur.

Imprimerie de STAHL, quai Napoléon, 33

www.ingramcontent.com/pod-product-compliance
Lightning Source LLC
LaVergne TN
LVHW010104060726

842524LV00006B/2318